はじめに闇があった

長嶋南子

思潮社

長嶋南子詩集

はじめに闇があった

長嶋南子

思潮社

目次

装画＝夢人館シリーズ2『ニカラグア ナイーフ』より転載
（ロサルヘンティーナ・マンサナレス「農家の庭」）
装幀＝思潮社装幀室

はじめに闇があった

創世記

初めに部屋は鍵がつけられた
部屋のなかは大いなる闇があり
光あれといって電灯をつけた
昼と夜は逆転された
こうして夜があり朝があり　第一日

ついで空を飛ぶものとして文鳥を
つがいで飼い始めた
こうして夜があり朝があり　第二日

この部屋に根付くものをと願い

その通りになった
アロエ一鉢
こうして夜があり朝があり　第三日

ついで水の生きものが群がるように
メダカ　どじょう　金魚
生めよふえよ　水に満ちよ
こうして夜があり朝があり　第四日

ついで野の獣をと思う
その通りになった
白猫とミニチュアダックスフントがきた
こうして夜があり朝があり　第五日

部屋には犬と猫　文鳥　魚　アロエ一鉢
すべてを支配し名をつけた
こうして夜があり朝があり　第六日

部屋のなかはすべて完成し
祝して聖なる休日としてコンビニに走る
こうして夜があり朝があり　第七日

鍵のかかった部屋の前には母親だという女が
いつもご飯をおいていく
青年は部屋をみまわして満足して
深い眠りにつく
太りすぎた青年のからだからは
あばら骨は取り出せなかった
したがって女はつくられなかった

ホームドラマ

病んだり死んだりしてドラマは進むので
夫には死んでもらった　次は子ども

ムスコの閉じこもっている部屋の前に
唐揚げにネコイラズをまぶして置いておく
夜中　ドアから手がのびムスコは唐揚げを食べる
とうとうやってしまった
ずっとムスコを殺したかった

うんだのはまちがいです
うまれたのはまちがいです

まちがってうまれました
まちがってうんでしまいました
まちがわずにうまれたひとはいません

主婦はなにごとがあっても子はうみます
ご飯をつくります
まちがってうまれてしまったのに
大きな顔をしています
主婦は大きな顔になるのですよ
小さい顔のひとはまちがえても主婦にはなれません

二階の天井が騒がしい
大きな顔してねずみが走りまわっている
ネズミ算で子はうまれる
うちの猫はなにをしているの
おもちゃのねずみで遊んでいます
唐揚げにネコイラズをまぶして置いたのは天井裏でした

きのう子どもを食べているゴヤの絵を見ました
きのう天丼を食べました
カロリーが高いのでめったに食べません
どんぶりのなかにはムスコがのっています
母親に食べられるのは
たったひとつできる親孝行だといっています

こわいところ

よその家でご飯を食べている
わたしの息子だという男が話しかけてくる
めんどうを見るよといっている
本当の子どものような気がしていとおしい
しっかり者の女の子と慕ってくる弟がいて
ものわかりのいいお父さんがいる
母親顔してお前はしあわせだねというと
息子だという男が笑いながら
ほろほろ崩れて溶けていく

二階から階段をおりてくる足音が聞こえる
息子が包丁もってわたしをころしにくるのだ
ぎゅっと身が引き締まる

早く目を覚まさなくては
ゆうべは
足音をしのばせて
わたしが階段をあがっていく
ビニールひもを持っている
息子が寝ているあいだに
首をしめて楽にしてやらなくては
ぎゅっと身を引き締める

こわいところを
出たり入ったりしている
手になにか持っている感触が
とんでもないことが起きないうちに
早く目覚めなければ
手に持っているものを捨てなければ
わたしがほろほろ崩れて
溶けていく

本日はお忙しいなかを

いつもの食卓の席に座ろうとすると
家のなかがなにか変だ

黒いスーツ姿の男があいさつしている
　本日はお忙しいなかを　お集まり
いただきありがとうございました
といっている
わたしは死んだのか
それとも死んだのは息子なのか

参会者が
わたしと息子のうわさ話をしている
うそばかり話している

うわさ話に口をはさみながら
一緒になって精進料理を飲み食いする
きょうは主人公なのだから
とおだてられ　なにか歌えといわれ
それならナツメロがいい
とはしゃいでいう
むこうの席では息子だという男が
はしたないことをするな
小心者のくせにお調子者なのだから
という目つきでわたしを見ている

息子は死んでいるのだと思うと
何もしてやれなかったことに
胃が痛む
穴があいたらしい
ふさぐ栓がほしい
あれ　死んだのはわたしだっけ

挽歌

だれも住まなくなった実家を解体すると兄がいう

玄関を開ける
庭のこぶしの花びらがいちまい　吹き抜ける

父は掘りごたつで歳時記を読んでいる

裏の部屋から姉のリーダーを読む声が聞こえる
once upon a time……

兄は新聞配達から帰って納豆ご飯を食べている

わたしの気配に
台所で母が　みなこか　とつぶやく

新しいスカートを着たり脱いだりしている妹たちの
見覚えのある花柄は昨夜母が縫いあげたもの

玄関のたたきで男が
酔って大の字になって寝ころんでいる
あれは姉の別れた男
裏の墓地には妹の水子が眠っている
もうひとりの妹は失恋して
死んでやると騒いでいる

座敷では母が
どうしてもあの男と別れられないのかと
わたしを責める
兄は釣りにいったまま帰ってこない

まがまがしいものは家の外に出してはいけない
玄関の鍵をきっちり閉める父

こぶしの大木が咲きほこり
遠くからでも見える家の目じるし
あの花の下で家族はいつまでも暮らす

うすいうすいわたしたちのかげ

尻軽

きのうは死んだふりして
きょうは生きているふりしている
お尻がどんどん重くなっていく
手足だけは元気なので
電車に乗って皿洗いにいく
おとといまでは
誘われればどこへでも飛んでいき
飛んでいったまま戻らない
ということもあって
ホントは尻軽女なのです
そこの人　誘ってみて

すぐ飛んでいきます

重くなったお尻は漬物石になるしかない
重石をのせるほど漬物はつくりません
礎石になるしかない
家の礎石になってじっとしていた
お尻がムズムズしてきた
我慢できない
からだを動かしたら
家が傾いてきた

安泰だと思っていた家なのに
子どもはひきこもりになっていた
傾いたらあわてて窓からとび出してきた
あさってごろには家は沈むでしょう
沈む家からはネズミが
ゾロゾロ這い出してきます

猫　出番です
わたしにはもう出番はない
舞台のそでからそっと客席をのぞき見している
猫　お別れです

シゴト

お前は死んだのだから
シゴトに行くことはない
息子にいい聞かせているのに
朝になると早く起きだしてくる
いくらいってもまだ生きている気で
カバンをとり出す

勤め先の上司も同僚もきのう香典を持ってきて
お前のかわりは新しく職員をやとった
よく働く若者でよかった　といっていたではないか
それなのにまだ意地はって

シゴトが……とつぶやいて
こんどはネクタイを締めだす
カバン持ってズルズル革靴引きずって
玄関から出ていく
死人でも家にいられるとめんどうなので
どこへでも出かけてくれるのはありがたい

ひとりの昼間うたた寝をしている
寝がえりを打とうとすると体がおかしい
誰かそばにいる気配
出かけたはずの息子が
わたしの背中に張りついているではないか
うしろからわたしの手足を動かす
シゴトに……とつぶやいている
あいにくわたしは失業中なのでいくところがない
家にばかりいる

ひんやりしたものがずっと
背中に張りついている
夏は冷たくて気持ちがいい
木枯らしが吹きはじめると
どうにも冷えて困る

雨期

息子が好きな餅を焼く
外側はきつね色内側はむっちりやわらかく

むっちり太った息子のからだ
シゴトに行けなくなって
部屋にずっと引きこもっている
どんどん太ってきて
部屋のドアから出られなくなった
餅を食べたら追い出さなければならない
ころしてしまう前に
家のなかに漂っている灰色の雲
垂れこめていた雲から土砂降りの雨

外はあんなに晴れているのに
家のなかで傘をさしている
三人家族で傘が三本

傘はいい
一人分の天
自分の足もとだけをみつめて
降りやまない雨
もう傘なしではいられない
たたみも壁も食べ物もかびが生えてきた

かびが生えた餅を包丁でこそぎ落とす
まだ食べられる
わたしのからだにもかびがびっしり
(まだ食べられる)
息子が包丁を持って
わたしのからだをこそぎ落とす

だれですか

九十六歳のおかあさんは
わたしのことをおばあさんと呼びます
おかあさんはきょう
ニンシンしたみたいなの　といいました
きのうは「君　恋し」を口ずさみながら
お嫁にいきたいといっていました
あしたはおかっぱ頭の少女でしょう
これがあのしっかり者のおかあさんだと思うと
つい涙ぐみ
わたしは涙もろいおばあさんですか

おかあさんは昭子と勝と和子と洋子と憲子を産み
昭子は甲と優と良を産み
勝は万紀と千秋と百花を産ませ
和子は十郎と八郎を産み
洋子は俊樹と春樹を産み
憲子はさくらとももを産み
ぶち猫は白猫と茶トラを産み
優は　万紀は　さくらは……
ナンマンダブ　ナンマンダブ　まだまだ続く
「生めよ　ふえよ　地に満ちよ」だね*

長寿を祝う紫色の布団にくるまれて
寝ている赤ん坊はだれですか
涙もろいおばあさんには
赤ん坊の世話は出来かねます
赤ちゃんポストに入れましょか
ポストのなかにはたくさんの

しわだらけの赤ん坊が泣いています
切手が貼られていないので
この世のどこにも届けられないのでした

＊旧約聖書『創世記』第９章より

おでん

夜中　息子が
起きだしてきて鍋のなかのおでんをつまんでいる
食べて寝てばかりいるので太ってきた
つみれ　つぶ貝　牛すじ　はんぺん　結びしらたき

夜中　猫が
かまってもらいたくて
寝ているわたしの頭に手を出し爪をたてる
痛くて眠れない　つかまえてしめつける
さつま揚げ　厚揚げ　ちくわ　がんもどき　たまご　こぶ　猫

自分が生んだのに悩ましい
わたしは何の心配もなく眠りたい
息子に毛布をかけ床にたたきつける　火事場の馬鹿力
なんども足で踏みつける
生あたたかくぐにゃりとした感触
大きな人型の毛布が床の上にひとやま
こんにゃく　じゃがいも　らくわぶ　大根　たこ　息子

泣きたくなる日

どうしても泣きたくなる日があって
柱のかげで泣こうとしても
身をかくすほどの大きな柱が家にはなくて
そんな日は
ご飯を食べていても誰かと会っていても
こっそり涙をふいている
いっそのこと原っぱにいって
オンオン泣けば
ためこんでいたものが一気になくなって楽になるだろう
人前でひそかに泣かなくてすむだろう
まわりは新しい建売住宅ばかりで

原っぱはない
家の前の小さな空き地で大声で泣いたら
頭がおかしい人がいるどこの人だろうかと気味悪がられるだろう
部屋のなかで泣いていると猫が
よってきてなめまわしてくれるだろう
猫になぐさめられるとよけいに泣きたくなるだろう

目が覚める
なんで泣きたかったのかわからない
泣きたい気持ちだけがのこって
胸がしめつけられて苦しくなる
夢のなかで泣いてしまえばよかったのにと思っていると
泣きたい気持ちが解き放たれて
オーン　オーン　泣いている

別の家族

早く死んでしまう夫も
暗い目をして引きこもっている息子も　職のない娘も
いっしょに住んでいるこの家族は
よその家族ではないかと疑いはじめた
夜になるとわたしの家族をさがしてうろつく

やっとさがしあてた家の
窓にはりついてヤモリになっていた
蚊帳のなかで小さい子が五人
団子ムシになって固まって寝ている
台所で母がわたしを呼んでいる
ここにいるよ　とヤモリの声で叫ぶ
固まって寝ていたムシのなかの一匹が

くねくね這いだしてくる
ヤモリのわたしは無意識にとびついて食べてしまった
そんなからだになってしまって
ヒトが口にしないものまで食べてしまって
もうここにいるしかない　と母がいう
おまえはいまだに居場所がわからないのか
バカだね　と笑いながら
わたしをつまんで食べてしまった

母はこれから生まれようとしている
何年かのちに娘盛りになった母は
どんな男と出会うのか
わたしはどこに生まれでるのだろう
こんどこそホントの家族に巡りあえる

うろついている　どこへともなく
夜

つくばエクスプレス六町駅前マックで

百円のコーヒー片手に本を読んでいる
休日の席は親子連ればかり
子どもの食べ残しのハンバーガーをかじる男
女はフライドポテトをつまんで
子どもは食い散らかして客席を走りまわる
（うるさい餓鬼だ
（打ち首獄門

テーブルひとつが家族のテリトリー
テーブルの上で男は女を孕ませ
テリトリーのなかに食べ物を積みあげていく
テーブルが傾き

男も女も子どももも
ハンバーガーもフライドポテトもすべり落ちて
大昔海だった
つくばエクスプレス六町駅前マックのあたりの海のなかへ

まっさかさまに落ちていく
底にはテーブルがしつらえてあって
ナメクジウオみたいな男と女が
くねくね泳いでいる
雌雄はいつも対になりたがり
子どもができ孫ができ曾孫ができヤシャゴができ
もっと先までうじゃうじゃうじゃつながっていく
大きくなって海底から顔を出している子どもたち
パチャパチャあたりを泳ぎまわって
六月の雨のなかわたしに向かってくる
(うるさい餓鬼だ
(打ち首獄門

風船

押し入れの片すみ　古布団の上で
子どもを産んだ
ペロペロなめまわしエナをとり
肛門をなめて排泄をうながし乳をあげ
なく声を聞いているだけでしあわせだった
なんでもよく食べさせた
どんどん太ってきて押し入れから転がり出る
大きくなってみるとそこらへんにいる
ありきたりのものになっていた
産んだこと誰にも知らせていないので
いるのだけれどいないことになっている

ほおっておいたら食べて寝てばかりいるので
子どものおなかが風船になった
なでるとつるつるして気持ちがいい
なでまわしていたらはめていた指輪で
傷つけてしまった
パチンとはじける
こんなになってしまったどうしてくれると
ぺちゃんこおなかを指さしていう
それならとぺちゃんこおなかに入る
産んだ子のおなかのなかは
あたたかくて静かで気持ちがいい
大きな風船がひとつ
部屋に転がっている
ねこ　爪をたててはいけないよ
はじけてわたしが産まれてしまうから

眠れ

眠りかけると
じゃまするものがいて
わたしの胸を針でつつく
ハッとして目が覚める
つついたのは
死んだ父のようでも母のようでもあり
暗い目をした息子のようでもあり
わたしには息子がいないようでも
いるようでもあり
おまえが息子のお面をかぶって
自分の胸をつついているのだろう

と声がする
母が眠れないのはかわいそうといって
針をひき抜き
わたしをほどいて縫い直している
母だと思っていたら
おまえは母のお面をかぶっているのだろう
なにも縫えないくせに
手元を見ればすぐにわかる
と別の声がする
これらのことは
本当は眠っているのに
眠れない夢を見ているのだと
自分にいい聞かせる
眠れよ
わたし

並んで待って

タイジョウホウシンになった
からだの芯から痛みがわきあがってくる
右肩から右胸にかけて一列
皮ふを食い破って出てくる
医者はストレスだという

わきあがってくる入道雲の下
プールの壁に背をつけて
わたしとさっちゃん
卒業後のことを話していた遠い夏の日
わたしたちのおなかのなかには

新鮮な無精卵が行儀よく一列に
連なって出番を待っていた

スーパーライフの特売日は土曜日
卵が一パック十個で九十八円
おひとり様一パックずつ抱えて
行儀よく一列にレジに並ぶ
家には引きこもりの子どもがいて
ふわふわオムレツを待っている

新鮮なタイジョウホウシンの卵が
行儀よく並んで出番を待っている

カラス

からだのなかにカラスが一羽住みついている
カワイイカワイイとなく
なくたびに黒い粉をふきつける
粉がからだいっぱいになって
わたしのからだのすきまをおおいつくす
息苦しくて動けなくなる
朝も夜もなきつづける
カワイイはカワイクナイになっている
そんなはずはない　カワイイカワイイといいつのる
もういいかげんに目を覚ませ
まわりを見てみな

誰だってカワイイはカワイクナイになるだろう
そんなことも知らないなんて
ずいぶん鈍感だなという
カワイクナイので口から手を入れてカラスをとり出す
羽を切って家に置いておく
暗い目をして寝てばかりいる
もとにもどれないかと聞く
いちど切った羽はもう生えてはこない
これからはずっとこのままでいくしかない
と答えたらなきながら
切られた羽を持ち出しきて
どうしてくれるのかとわたしを責める
わたしのからだは空っぽでいっぱいになってしまった
重くておきあがれない

ぽっちゃり

やせ細って死装束のわたしの枕元に
座ってのぞき込んでいるわたしがいる
うしろには母がいて祖母がいる
そのまたうしろにはずうーっとご先祖さま

＊

からだがしぼんできて
肌に弾力がなくなった
肉付きよくぽっちゃりしたからだつきが
あのひとの好み

なんでもかんでもじょうずに飲み込み
縮んだ胃袋押し広げ
もう少しぽっちゃりならないか
髪は長くスカート短く
ドレスアップして会いに来なさい
あのひとはいうけれど

あのひととは誰だっけ　ほらあのひとよ
顔が浮かんでは消えていく
好きだったひとはつぎつぎと去っていき
こうなったら一〇〇年
生きてやると息巻いてみる
父方も母方も長命の家系なのだから

＊

髪は長くスカート短くドレスアップして

やせ細ったわたしがお棺のなか
お花もわすれないで　薔薇にしてよ
これから焼かれるのだ
炎の上から早くおいでと
母祖母ご先祖さま
みんなニコニコして手招きしている

エンマさまはぽっちゃりが好きなんだろうか

胸に猫　膝に犬

あなたと会ってはカフェラテ飲んで
また会ってはサンシャイン通りを歩いた
手をつないで
いつまでも続くと思っていた

もう会わなくなって女は
うたた寝をしている
しどけなく座イスにもたれて
ダブダブの服を着て
女の胸には猫　膝には犬が
いびきをかいて寝ている

夜中髪をほどくと
ざっくり開いた女の頭
にぎり飯　肉もさかなもまるごと流し込む
頭の片すみに水たまりがあって
あなたはおぼれかけ助けを呼んでいる
大声を出したって誰もききませんよ
犬と猫がいるだけだから
あなたはドザエモンになって明日の朝あたり
水たまりの縁に浮かびあがることでしょう

あなたはおぼれているのも知らずに
なにを食べているのですか　そんなところで

しっぽ

息子が犬を買ってきた
足の短いチョコマカ動き回るミニチュアダックスフント
生まれたばかりなのにもうしっぽを振っている
犬って狼が祖先なのにどこでどう間違えて
しっぽを振るようになったのでしょう
どこでどう間違えて息子は空っぽ頭なのでしょう

息子は犬を世話するために仕事に行かれなくなった
抱いて寝ている
短足　胴長　大顔　犬によく似ている
きっと前世では親子だったのでしょう

息子は女の人に飼われて
しっぽを振っていればいいものを

わたしにしっぽ振ってくる人はもういない
友だちもいない
誰もいませんからどうぞ家へ遊びにきてください
本当はきてほしくないのに
ついお世辞をいってしまう
わたしもしっぽを振っている

ついきのうまで家族をしてました
甘い卵焼きがありました
ポテトコロッケがありました
鳩時計がありました
夕方になると灯りがともり
しっぽを振って帰ってくるものがいました
家族写真が色あせて菓子箱のなかにあふれています

しっぽを振らなくなった犬は　息子は
山に捨てにいかねばなりません
それから川に洗たくにいきます
桃が流れてきても決して拾ってはいけません

読経

ひろこ　しげき　みなこ　ゆみこ　としこ
生んだ子のなまえはおぼえているけど
すれ違ってもわからないね　きっと
五人ともいきているのか　おどろいた
もとあき　くにお　ゆうざぶろう
わたしのきょうだい　わかっているよ
ゆうちゃんとはよくあそんだけど若死にだった
もとあきあんちゃんはキンシクンショウ
洋服屋に奉公にいったのはくにお
しげはるは誰だって？
わたしの亭主　顔は忘れたけれど

おげんちゃん　みよちゃん　よっちゃん　おしげさん
ともだちはもう誰もいない
わたしは九十七歳になるのか　うそでしょ
小学校の運動会はいつも一等賞で帳面をたくさんもらった
おうめ　読めといつも最初に教科書を読まされた
「ななえやえ　はなはさけども　やまぶきの……
小学校でならったオオタドウカンのはなしまだ覚えている
ヒンコウホウセイ　ガクジュツユウシュウ
みんなにこういわれていたのに
こんなにボケちゃって
うめはわたしの名前で昔いた犬の名前はマリで
仕事から帰るといつもしっぽふって迎えにきていた
としこちゃんおやつはまだかな
そこのまんじゅうとっておくれ
あした　あさって　しあさっての分も食べたいよ
さくらもち　きんつば　だいふく　あんこ玉

ひろこしげきみなこゆみことしこ　しげはるマリは犬
もとあきくにおゆうざぶろう
おげんちゃんみよちゃんよっちゃんおしげさん
ヒンコウホウセイガクジュツユウシュウ　オオタドウカン
さくらもちきんつばだいふくあんこ玉
ナンマイダブ　ナンマイダブ

ことのてん末

所見

①　肉眼的検査では第3乳腺に2×2×1・6cmの腫瘤を認める
鼠径リンパ節には腫瘤細胞の明らかな転移巣は認められない

②　いつも腹をさすってあげているので乳にシコリがあったことは
知っていた
自然に治ると思っていた
シコリが大きくなって血も出たのであわてて医者にいった
血液検査三四、四四〇円也

病理組織的評価

①　左片側乳腺　乳腺単純癌リンパ管内浸潤を伴う

②
いやー驚いたね　腹たて一文字にかっさばいて
三十針以上もホッチキスの針みたいなもので綴じられて
エリザベスカラーつけられて
手術・入院費九七、二七〇円也

コメント

①
左乳腺悪性腫瘍のため切除
再発の可能性が高いので右側も切除されたし
直径3㎝未満の乳腺癌　生存期間中央値二十一ヶ月
直径3㎝以上の場合　生存期間中央値十二ヶ月
抜糸一、五〇〇円也

②
手術しなければよかった
いまさらいっても仕方がないのに
おばあさんなのだから余生を気ままに過ごさせればよかった
癌だと分かっているのに悪いところを切り取ってくれなかった
と　化けて出られるのもいやだし

見てごらん　こんなに痩せてしまって
飲まず食わずで
栄養剤注入四、三〇五円也

総合所見

以上のことはわたしではありません　猫です
いえわたしです
計一三七、五一五円也

大風が吹き荒れた夜

猫は猫でないものになりかけています

腹の手術あとをなでてやると
のどをならすのでした
荒い息をしながらまだ猫であろうとしています

キセキがおこるかもしれないと
口にミルクを含ませます
飲み込む力が弱く
わたしの腕のなかでじっとしています

重さがなくなったからだを
抱いています
わたしは泣いているのでした
猫は最後まで猫で
のどをならすのです

わたしはわたしでないものになろうとしています
のどをならします
泣いてくれるよね　猫

キセキはおこらないでしょう
季節の変わり目の大風が吹き荒れている夜です

さよなら

さよなら　息子
そうしていつまでも家に引きこもっていなさい
さよなら　わたしのおかあさん
長生きしすぎです
しっかり手を握られて頼られるとぞっとします
さよなら　シソーノーロー猫
一度もねずみを食べたことがない猫なんて

女サンガイに家なしです
一階は車庫と台所と風呂場で
二階は子どもたちの部屋で

三階はなくてわたしの居場所もない
男も服も甘いものもなんだって欲しくて
老いては子に従いません

仕事を終えて家に帰ると
息子が死んでいた
猫も母もと思ったら
その通りだった
ご飯を食べさせなくていいので
調理しない
レトルトのキーマカレーを食べる
のぞみ通りひとりになったのに
スプーンを持ったまま
わあわあ泣いている

無職

失業した
石になって
家のなかをゴロンとしている

本は明日読めばいい
そうじも明日
長話の電話も明日
布団干しも買い物も公共料金の支払いも

きょうも石だからなにもしない

明日になれば
明日はきょうになる
やっぱりきょうも石だから
なにもしない
いつもきょうなので
明日はずっとこない

地震がきたってへっちゃら
部屋のなかで
漬物石になって
おおきな顔をしている
漬ける野菜を買いに行かなくては
明日でいいや

生地

川にはさまれた小さな町で
東と西に墓地がふたつもあった
死人の多い町なのでしょう
東は父方の　西には母方の墓地がある

わたしの住んでいたトタン屋根の家は
さら地になって東の墓地の一部になっている
庭のこぶしの木があったところには
犬のマリが埋められたまま
墓地では死んだ肉屋のおじさんが白衣を着て
コロッケを揚げている
両親が仕事にいった夏休み

わたしたちきょうだいの昼ご飯のおかず
そこでもコロッケは一個十円ですか
西の墓地では木屋のおばさんが
立ち読みするといつもハタキをかけにくる
製麺所の庭ではポンポンダリヤが咲きみだれ
一本欲しいというとおばさんは
なんでも欲しがる子はどこの子かと聞く

祖父母におじさんおばさん
父と母　妹とわたしの水子が
早くここに帰っておいでと手招きしている
マリがしっぽを振っている
おみやげはいらない身ひとつでいいという

呼ぶ声を聞くたびわたしの影が薄くなっていく
東の墓地に入るか西の墓地にするか
息子よ　好きなようにしておくれ

たまご

僕はめんどりを飼っている
別れた女の子の名前をつけている
めんどりの一子・二子・三子

僕と別れた一子は子どもを産んだと聞く
二子も三子も多分
無駄にならない卵もあるものだ
僕のめんどりの卵は
町の洋菓子屋でケーキになる
遠くの町で一子・二子・三子はケーキを買って
おいしそうに食べる

別れた女の子のおなかの中の卵は
死滅するのを待つだけだ

卵を産まなくなったら潰す
名づけためんどりはことのほかおいしい
めんどりの肉は
僕のからだの一部になる
そのうち僕の口が尖ってきて手をバタバタさせて
にわとりのからだになる
卵を産めないからだなので食肉になるしかない
遠くの町の女の子の一子・二子・三子は
肉になった僕を買う
今夜は唐揚げなんて子どもにいっている

僕は唐揚げになりたかったのだろうか
せめて親子丼になって
かあさん　食べてください

猫又

猫缶におかかをふりかけて食べている
台所でぴちゃぴちゃ食べている猫は息子です
きょうはバイクに乗って職さがし
手が丸まっているのでハンドル操作が苦手
事故を起こす　パトカーが飛んでくる

猫の飼い主は誰かと
おまわりさんは近所の聞き込み
責任を取らされるのはまっぴらごめん
家で飼っているのは犬ですと大声でいう
うそだ　猫の親子のくせになにをいう

と隣の高橋さんがいいつのる

わたしも猫だなんて知らず
何十年も過ごしてしまった
食べたいものは猫缶ばかり
マグロ味かつお味ササミ風味野菜入りはおいしくない
ことばが出てこない変な鳴き声をしている
猫で生きていくしかない
息子は野良猫になってあちこちうろついている

屋根の上で寝そべって下界を見下ろす
事故の責任も取らされず
息子がいたことも忘れて居眠りしている
子どもがいなければ発情するの？
いえ　もう化けるだけです
犬に化けてベランダで遠吠えをしています
「うるさい」隣の高橋さんが叫んでいる

階段

階段をおりていた
途中でやめられない
おりつづける自分に腹がたってくる
そのうち重くなった持ち物を捨てる
鞄も靴も買ったばかりの上着も
口紅も白粉も眉ずみも捨てる
身軽になっておりていく
わたしの前をだれかおりていったようだ
残り香がする
死んだ母のにおいだ
はるかな階段の下には

子どものころ住んでいた二軒長屋がある
　早くきて　きゅうりの古漬けにかびがはえないうちに
わたしにいっているようでもありそうでないようでもあり
うしろから懐かしいものが転げ落ちてくる
足踏みミシン　手縫いのビロードのスカート　ちゃぶだい
アルミの弁当箱　猫のタル　犬のマリ
またうしろから酔った男のもつれた足が転げ落ちていく
気ばかりあせる
階段はまだつづく
古漬けにかびがはえたらどうしよう

おりきったところで何があるのか
なぜおりなければならないのか

おわりに闇があった

あとがき

ヒトはつがいになると、家族ができるのであった。

家族がいるところが家庭であり、どこの家庭もひそかに闇をかかえている。

闇が深ければ、ヒトは見えなくてもいいものまで見えてしまって、しあわせなのか不しあわせなのかわからないのであった。


詩集をまとめるにあたって今回も小柳玲子さん、思潮社の亀岡大助さんにお世話になった。

長嶋南子　ながしま　みなこ

詩集
『あんパン日記』（第31回小熊秀雄賞、一九九七・夢人館）
『ちょっと食べすぎ』（二〇〇〇・夢人館）
『シャカシャカ』（二〇〇三・夢人館）
『猫笑う』（二〇〇九・思潮社）――ほか

現住所
〒一二一－〇〇六二　東京都足立区南花畑一－一六－三四

はじめに闇《やみ》があった

著者
長嶋南子《ながしまみなこ》
発行者
小田久郎
発行所
株式会社思潮社
〒一六二—〇八四二　東京都新宿区市谷砂土原町三—十五
電話〇三（三二六七）八一五三（営業）・八一四一（編集）
FAX〇三（三二六七）八一四二
印刷所
三報社印刷株式会社
製本所
誠製本株式会社
発行日
二〇一四年八月六日